ventania

para

Oyá

Alexandre Careca

ventania

para

Oyá

ARUANDA
· livros ·

fotos de
Adeloyá Magnoni

Rio de Janeiro
2020

Coordenação Editorial Aline Martins
Preparação Andréa Vidal
Revisão Camila Villalba
        Editora Aruanda
Design editorial Sem Serifa
Impressão Rotaplan

Texto de acordo com as normas do Novo
Acordo Ortográfico da Língua Portuguesa
(Decreto Legislativo nº 54, de 1995)

Dados Internacionais de Catalogação na Publicação (CIP)
de acordo com ISBD
Bibliotecário Vagner Rodolfo da Silva CRB-8/9410

C271v   Careca, Alexandre
          Ventania para Oyá / Alexandre Careca;
      fotografia de Adeloyá Magnoni. – Rio de
      Janeiro, RJ: Aruanda Livros, 2020.
          256 p.; 13,8cm x 20,8cm.

          ISBN 978-65-80645-08-4

          1. Umbanda. 2. Ficção religiosa. 3. Poesia.
      I. Magnoni, Adeloyá. II. Título.

                                    CDD 299.6
2020-1   CDD 299.6

[2020]
IMPRESSO NO BRASIL
editoraaruanda.com.br
contato@editoraaruanda.com.br

Para Lorenzo, Raul e Marisa,
a razão de minha existência.

Agradecimentos

Agradeço a Exu Ventania, meu leal amigo. Quem me conhece sabe que sou um antes dele e outro hoje!

Agradeço a Exu Tiriri (de senhor Tata Mavile), que há dez anos me falou deste caminho, prova de que palavra de exu não se perde no tempo e um dia fará sentido.

À minha avó Maria Gomes, que é meu norte na Umbanda. Tudo o que aprendi de caráter e retidão na religião foi com ela.

A Roger Cipó, que me disse: "Só vai, pai. Você é capaz e sua arte é linda!". A palavra certa na hora certa, como Oxalufã sempre faz!

Ao senhor Ifadeyn Fakolade, de uma generosidade ímpar, que me mostrou como fazer para que o trabalho fluísse, desde a escrita até a administração de minha página.

E a todos os que acompanham a página *Ventania*, fazendo dela um lugar de comunhão, um ponto de encontro de pessoas que amam as religiões afro-brasileiras.

Prefácio

Um poeta de terreiro é um eterno incomodado que transborda com o belo e o desconhecido que circunda o espiritual, se enraivece com o comum e o previsível daqueles que fecham os olhos e os ouvidos para o futuro e se desespera com o injusto, com o vil, com o que ori se entristece. Escrever para e por orixá é não caber dentro de si quando as emoções rasgam o peito, é querer compartilhar com o irmão — mesmo que nunca o tenhamos visto — aquilo que nos é mais precioso e, ainda assim, nunca nos faltar, pois quanto mais doamos, mais temos. O ori que compartilha é abundante; é um campo vasto onde o ancestral é presente e o futuro é certeza de fé, apesar dos caminhos que a vida seguirá. O coração de um poeta de terreiro é seu barracão; sua *ẹní*,* sobre a qual repousam

---

* Segundo o *Dicionário Yorubá-Português*, de José Beniste (Bertrand Brasil, 2019), significa "esteira, capacho". [Nota da Editora, daqui em diante NE]

9

seus sonhos; o ibá onde guarda seus segredos; a quartinha em que a água limpa de sua esperança jamais seca e se faz transbordar no ato de escrever.

Não sendo apenas um dos reflexos da sensibilidade natural que todo ori tocado por orixá carrega, escrever é necessário nos dias em que vivemos, tempo em que nossas ideias são ameaçadoras e nossa verdade é constantemente deturpada, desrespeitada, posta à prova por mãos racistas que nos desonram enquanto seres humanos e desumanizam a ancestralidade à qual tudo devemos: o povo negro. Escrever é responsabilidade para com nosso legado, com nossas crianças, com nossos antepassados que não puderam fazê-lo.

Escrever é também uma forma de testemunhar o orixá, que sempre foi e sempre será o sopro ancestral cheio de vida que permeia o coração daqueles que se permitem conhecê-lo e acima de tudo VIVENCIÁ-LO. Escrever é honrar a Oyá, a deusa e patrona deste livro, que não apenas sopra a brisa, como inunda em tempestade os espíritos daqueles que se precipitam no abismo dos sentimentos. Escrever é honrar a Exu e sua sagrada comunicação, que movimenta o mundo e interliga nossas histórias. O grande mensageiro, aquele que fala o que se cumpre mais à frente. Aquele que também é vento e fogo como Oyá. Aquele que também se apresentou como Ventania. Não poderia haver nome mais providencial. Exu Ventania, mojubá!* Laroiê!

Dos sussurros de Ventania se formaram as palavras de Alexandre Careca, que, ao explorar toda a sinestesia da alma, precipita-se conosco e também nos permite voar em suas escritas, que, invariavelmente, são aladas, ora leves, ora pesadas, definitivamente frutos de Oyá.

Assim é sua obra: o próprio vento. Sempre preocupado em entregar sua mensagem de forma limpa e clara, passeia por todos os mundos como se tivesse conhecido todos os terreiros do Brasil, deste e de outros tempos. Afinal, quão extensa é a longevidade de uma alma de Xangô que traz realeza a seus versos, alegria a suas prosas, bem como as reflexões e provocações tão necessárias ao ato de sobreviver?

Esta ode a Iansã é um convite a saborear as palavras quentes, recém-saídas de um tacho cheio de dendê fervendo, lambuzar os dedos com tamanho significado e deixar o calor do corpo ser apaziguado pelo vento de uma chuva de verão que se aproxima mais à frente. Esta ode a Oyá é um convite para celebrarmos a astúcia de uma aventureira que caminhou por todos os povos; a determinação

---

* Segundo o *Dicionário Yorubá-Português*, de José Beniste (Bertrand Brasil, 2019), "mo" é o pronome pessoal "eu", e "júbà" significa "respeitar, estimar, admitir como superior". Assim, "mo júbà" quer dizer "meus respeitos". [NE]

e a coragem de uma guerreira que lutou por seus ideais até o fim; a espiritualidade de uma mãe que pariu nove filhos, dos quais muitos outros vieram e de que ela é mãe também. Esta ode é um convite a nos encantarmos com a orixá do bom coração, aquela que exala o lado bom da vida, aquela que possui inteligência e estratégia para ser búfalo quando necessário, borboleta quando conveniente, senhora de si e de seu mundo em todos os momentos. Estejamos prontos para este banquete que alimenta o espírito e o ori.

Modupe,* Alexandre Careca!
Modupe, Ventania!
Modupe, *ìyà mi* Oyá!**

Thais de Assis | Thais de Oyá

---

* Segundo o *Dicionário Yorubá-Português*, de José Beniste (Bertrand Brasil, 2019), "mo" é o pronome pessoal "eu", e "dúpẹ́" significa "agradecer". Assim, "mo dúpẹ́" quer dizer "eu agradeço". [NE]

** Segundo o *Dicionário Yorubá-Português*, de José Beniste (Bertrand Brasil, 2019), "ìyà" significa "mãe" e "mi" representa o pronome possessivo "meu, minha". Assim, a autora quer dizer "Obrigada, minha mãe Oyá!". [NE]

Panapaná

A criança de Oyá

Quando criança,
eu tinha medo do escuro.
Eu me lembrava
das histórias de bichos-papões.

Um gato miava na minha janela
e a madrugada fria
se tornava ainda mais gélida.
O medo era parceiro.

Um dia, mamãe me levou a um lugar
chamado Candomblé.
Era festa do Cosme e do Damião
Fui tão feliz que não queria ir embora.

Na porta do Candomblé,
tinha uma mulher grandona e bem forte,
mas ela me olhava com ternura.
Vira e mexe eu olhava e ela estava me olhando.

Quando fomos embora, ela foi conosco.
Mamãe ia conversando com uma amiga
e a mulher, do meu lado, nos acompanhava e sorria.

Na porta de casa, a amiga de mamãe se despediu
e entramos, e entre os vãos do portão
eu via a mulher, parada na calçada, me olhando.

Voltamos ao Candomblé e fui
    brincar com as crianças.
As meninas diziam:
"Minha Oyá quando vier será um arraso,
o babá vai se orgulhar."

Eu não entendia, mas gostava da conversa.
Certa hora, uma das meninas disse
    que tinha medo de fantasmas
e me lembrei de que nunca mais temi o escuro.

Começaram a tocar os tambores e fomos para lá.
Tocaram bastante, até tocar para a
    Oyá que as meninas falaram.
A mulher que nos acompanhara chegou.

Ela estava ali, no meio do salão, e ficava imóvel
enquanto outras mulheres do terreiro
gritavam e lutavam na frente dos tambores.

Eu disse:
"Olha, mamãe, aquela mulher, que linda!"
Mamãe perguntou que mulher e apontei:
"Ali no meio do salão."

Mas mamãe não a via.
Pensei que poderia ser mais um fantasma,
mas eu não tinha medo dela,
então não era!

Ela esticou o braço e me chamou com a mão.
Eu me levantei, passei no meio de todos e fui.
Uma moça veio atrás, mas o babá mandou deixar.

E ela disse:
"Você é minha filha, e filha minha não tem medo."
Perguntei: "Nem de fantasma?".
E ela respondeu:
"Filha de Oyá não tem medo de nada."

Ventania

Zera a reza a benzedeira.
À beira de cair, ela me segurou,
me assegurou que o quebranto
fora quebrado!

E sentenciou:
"Você, fia, é do mundo!"

Como peguei e me apeguei àquilo...
Era como se eu sempre quisesse
ou precisasse ouvir aquilo.

Os cacos se colaram,
quebra-cabeças de mim.
Ela ainda lavrou:
"Te cruzo em nome dela."

E uma voz falou ao ouvido:
"Você é de Bárbara,
sempre tenha fé."

"Em nome do Pai", ela disse,
"e do Fio e do Esprito Santo.
Em teu andar, teu pensar, teu viver,
que tu sejas muito feliz!"

O vento me percorria
quando ela afirmou:
"Você, fia, pertence à ventania!"

E PARREI

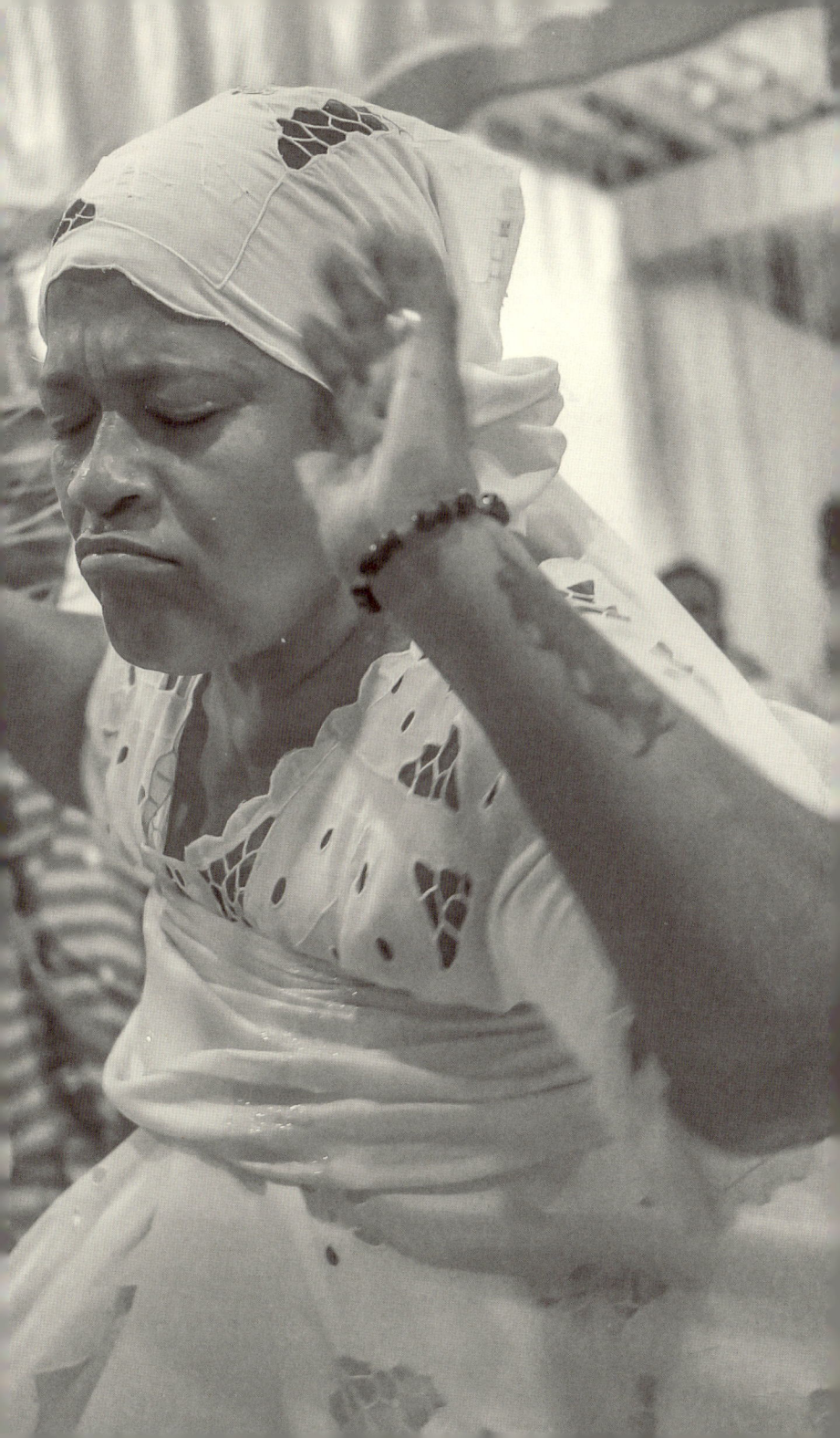

A escandalosa

Acordei com Oyá na minha cabeça.
É o dia em que ela se faz presente
com mais força, com mais afinco.
Com Oyá eu posso tudo o que sonhar.

Eu ouvi um grito — ecoa na minha cabeça.
Ela não permite que eu enlouqueça.

Me apontam na rua por aí
dizendo que sou eu a escandalosa.
Escândalo maior é seu veneno,
que escorre silencioso do canto da boca.

Acarajé frito, preparo sua mesa.
Ela não permite que eu enlouqueça.

Eu vou, sim, gritar de euforia.
Eu vou dançar de alegria, e amar,
e beber em meio aos homens.
Eu me permito tudo, eu sou de Oyá!

Ela não é mito, é uma força imensa
Ela não permite que eu enlouqueça.

Bonde

Eu sou do bonde de Iansã.
Com ela todos vão
e nada é em vão.

Porque no mar venta
e as dores se curam
na mão de Iemanjá.

Porque na cachoeira venta
e meu amor é seguro
no colo de Oxum.

Porque no caminho venta
e minha força se estabelece
no facão de Ogum.

Porque na pedreira venta
e minha força dobra
no brado imenso de Xangô.

Eu sou do bonde de Iansã.
Atravesso dias, chego ao amanhã
vigorosa, mas suave!

Porque na mata venta
quando deposito as frutas
e canto pra Oxóssi.

Porque no cruzeiro das almas
sempre venta, sim.
Ela e Omulu sempre se entendem.

Potes de vento
no axé de Oxumarê.
Arco-íris infinito em mim.

E o vento anda no ar
do corte da guerreira Obá.
Adaga que desfecha golpes.

Eu sou desse bonde
e você vai me encontrar
onde há sempre de ventar!

Prole

Olho vivo, vidrado no oponente
ou, às vezes, na presa
que saciará a fome guerreira.
É seu sangue, e não o fogo, que a esquenta.

Vento que corrompe
invade e tapa os ouvidos
num assovio no tímpano.
É a força da mulher.

Seu brado estrondoso
faz leão correr amedrontado,
mas ele não é medroso.
É a força do brado.

Olho vidrado, adaga na cintura,
postura ereta, lança certeira.
Músculos de dias no seco da mata,
de saltos para o ataque.

Seu brado treme terreiro.
Às vezes quieto, me vem um grito
em ventos firmes de Oyá,
rajadas que só ela pode mandar.

O suor escorre, a presa corre
e, em poeiras que se levantam,
o bicho cai subjugado e Oyá sorri.
Sua prole estará alimentada.

Sou tempestade

Rasgo o tempo
me rasgo no vento
de batalhas em mim.
Seco minhas feridas
como um gato que se lambe,
coisa que nunca lhe foi ensinada.
Coisa da vida.
Me escondo no rochedo
de meu eterno rei.
Sortilégios de mulher
que dispõe do privilégio
do tempo de pensar.
Nada detém o vento.
O que me deteria?
E, de guerra em guerra,
traço os meus dias

pesados em chumbo,
rasgados na lâmina da adaga.
Quero mais,
quero ter a essência da força.
Não me force
e não distorça
o rasgo de minhas palavras.
Intempestiva, sou tempestade!
O raio nu e cru
que cai em meio ao bambuzal,
espantando as cobras
e norteando os aflitos.
Sou eu, Iansã,
que devoro seus inimigos
e te apronto para outro dia,
para uma nova guerra
nas luzes do amanhecer.

Diariamente

Eu sou o abrir dos olhos,
o primeiro suspiro
antes de levantar.
Eu sou a luta pelo pão
de cada dia.
Eu sou o bambu fino
que nunca quebra.
Eu sou quem segura sua língua
quando não revida.
Eu sou quem sai da sua boca
quando é iminente a briga.
Eu sou a resposta ao tempo,
a tempestade.
Eu sou cada ruga
do peso de sua idade.
Eu sou o entardecer
quando se cansa,
mas não pode parar.

Eu sou a luta no coletivo
para casa voltar.
Eu sou cada atenção,
cada colo para cada filho.
Eu sou a força de ainda
dar a jornada dupla.
Eu sou aquela que lhe faz
pensar, antes de se deitar,
que a vida é dura,
que valeu a luta,
que se deve ir em frente.
Eu sou, minha filha amada,
sua mãe,
que vai lutar para nada lhe faltar.
Eu sou o amor em fúria
quando a fúria domina o amor.
Eu sou assim
a panela que destampa,
o fervor e o calor.
Citada em nomes:
Iansã, Oyá, Matamba!

Eu chorei por Oyá

Eu fui menina, eu sou menina
nos braços de Oyá.
Ela me diz para eu não chorar,
mas, se for inevitável,
chorar e não fraquejar!
Sair no vento
e deixar que minha pele sensível
sinta seu toque,
pois só a Oyá minha pele é familiar.
Ao resto ela se acomete.

Eu chorei e pedi perdão por chorar.
Ela, minha mãe, tão forte e imponente,
tão grande aos meus olhos,
me olha sem dó, mas com amor,
e diz para eu chorar,
pois entende minhas fraquezas humanas.
Entende que eu ainda
estou sendo apresentada a ela
e à sua força descomunal,
para aí, juntas, tombarmos o mundo!

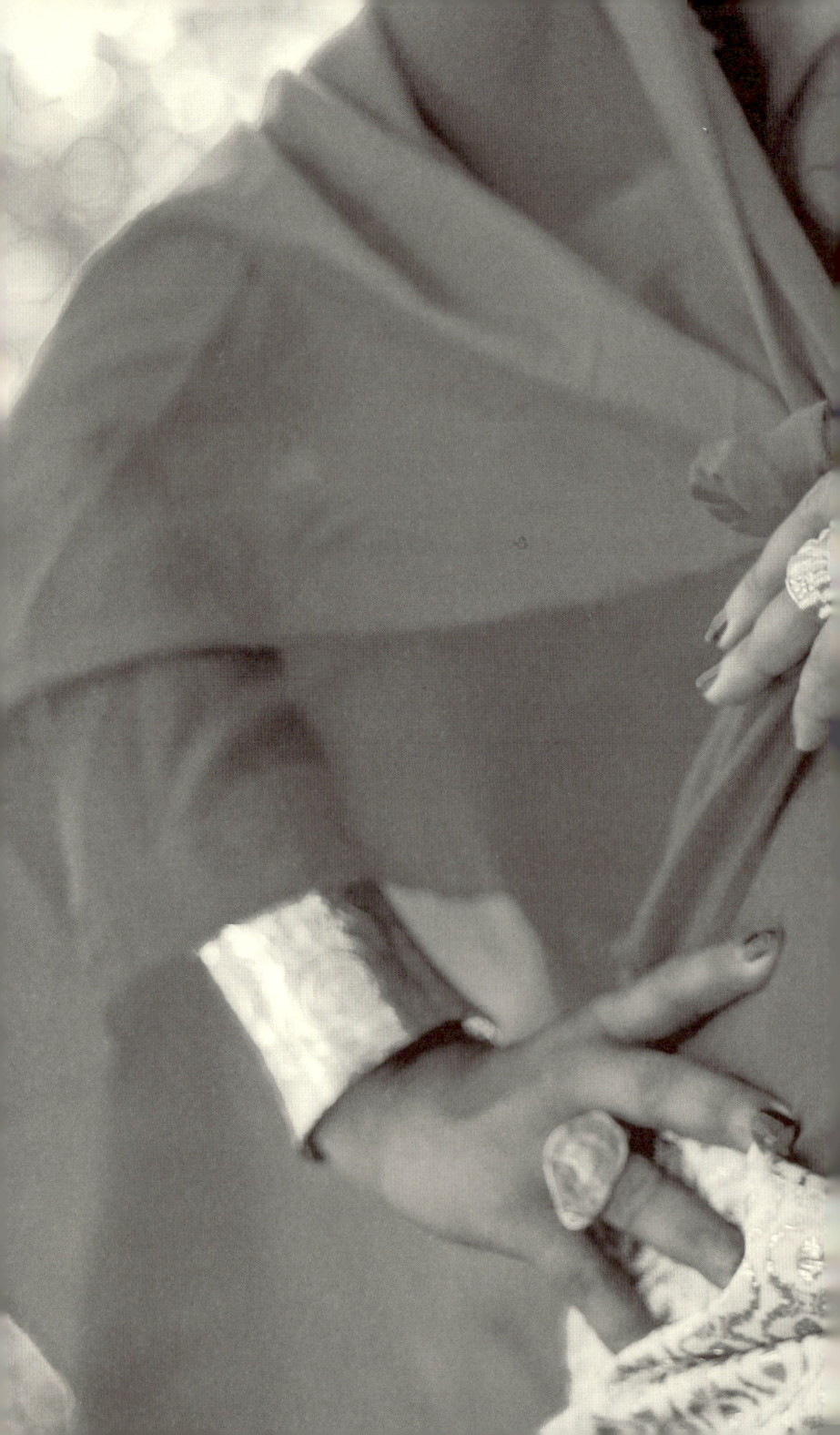

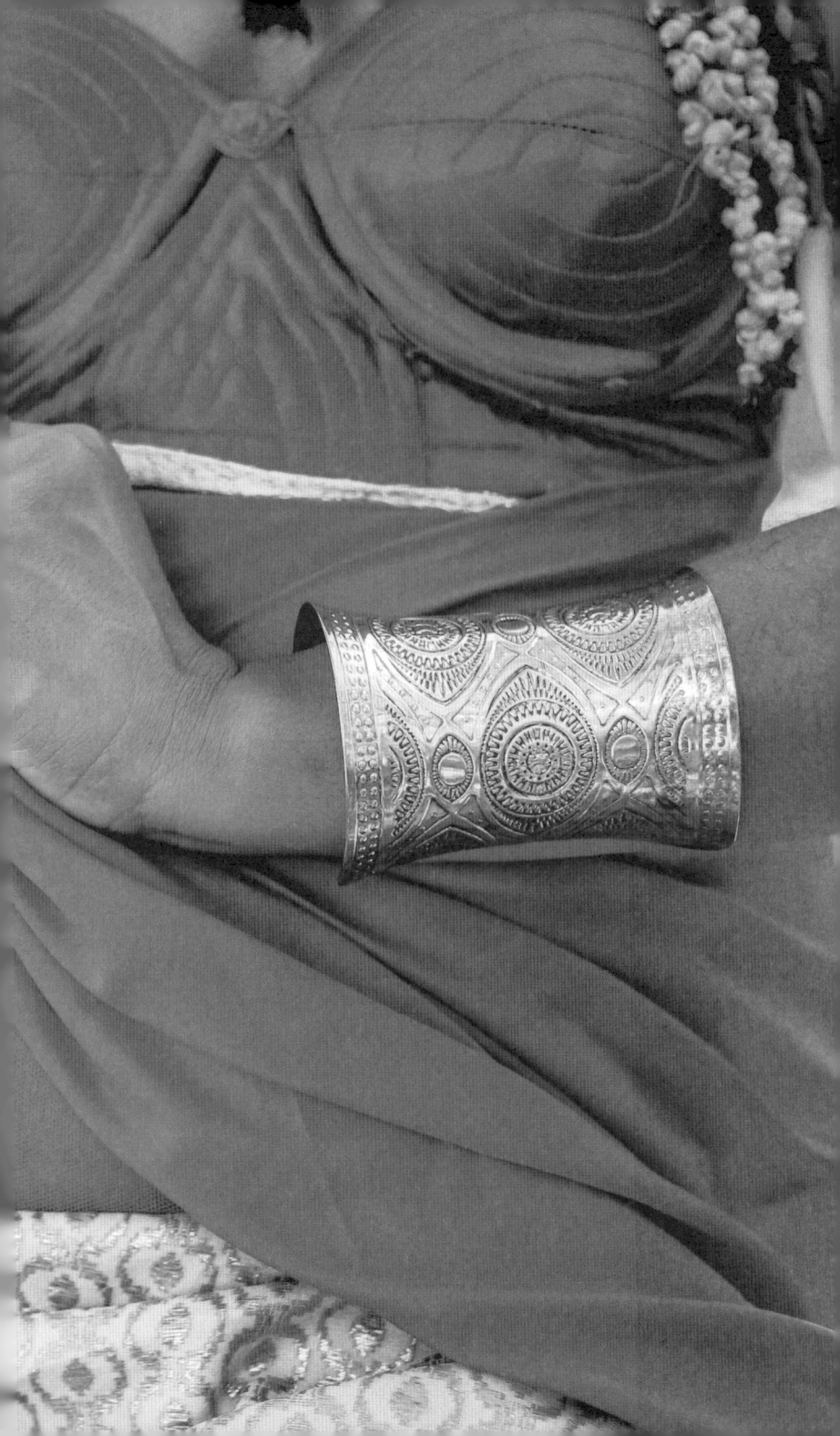

Fogo de Oyá

A cor
O tom
A força
A malícia
A certeza

Tudo que tenho é de Oyá,
por Oyá.
O fogo de Oyá!

Minha família veio por Oyá.

Me olhe nos olhos,
me aqueço em olhares provocativos.
Vivo!

Sabia que não aceito condições?

Tudo que tenho é de Oyá,
por Oyá.
O fogo de Oyá!

O que aconteceu com aquela mocinha?

Se reconheceu nos olhos duros de Oyá,
se aqueceu nos olhos ternos de Oyá,
no fogo de Oyá!

Eu sou um búfalo com ares de borboleta.

Nove búfalos

Oyá é raio que cruza
um céu rosado.
Ela é a surpresa!

Eu sou presa de Oyá.
Ela veio a mim e me tomou
como um tufão que tudo varre.

Oyá não gosta de mentira
É ela que, às vezes, até azeda
a festa num climão.

É assim seu coração:
mais que feroz, mais que veloz,
esse coração que é verdadeiro.

Oyá põe a mão no vespeiro.
Ela vai lá enfrentar,
qualquer que seja o oponente.

Quando a dor toca a filha,
é Oyá, mulher com a força de nove búfalos,
que vem lhe valer.

Oyá não gosta de mentira,
não tem política.
Oyá não é de mentira!

Orixalizou

Foi um grito
ouvido em todo o mundo.

Um grito de horror
quando Oyá viu seu homem caído.

Ela arrastou e dizimou quem estava ali:
inimigos, aliados, tudo que o valha.

As árvores eram arrancadas do chão.
Era o pulsar sangrento de seu coração.

A Terra parou!
Por um momento a Terra parou
quando Oyá pariu seu grito mais profundo.

E o vento rebento continuou.
O chão se abria com os raios que caíam.
Oyá sangrava como em nenhuma batalha.

Foi um grito
ouvido em todo o mundo.

E no meio do furacão
Xangô se levantou.
Grande, lindo,
mais rei do que nunca.
Orixalizou!

No pavor de Oyá.
Na guerra de Oyá.
No grito de Oyá.
No amor de Oyá.

Ele orixalizou!

Senhora de Ira

Quando tudo era cinza,
quando sofria em meus dias
e não via o findar das horas,
a fim de dormir e esquecer tudo.
Quando a depressão
depreciou meu coração.
Quando caiu a última luz de minha alegria,
houve um canto.
Era suave e também era sagrado.
Queria me dar força
para eu ser forte em dias intensos.
Me tirou do buraco mais denso
de um lamaçal no qual me envolvi
e do qual não havia modo de sair.
Ouvi Onira gritar.
Era o fogo sobre a água,

que me encantou
e me puxou para essas energias.
Ela sabia o que eu queria
e mais: o que eu precisava.
Minha vida deu um trezentos e sessenta
e nunca mais meu corpo
sentou e descansou.
Sou dela, que nunca para quieta,
pousa suave seu fogo sobre a água,
mas não cala ao guerrear,
seja em qualquer campo.
Desandar?
Nunca mais!
Corro minhas giras.
Sou forte, intensa, lutadora,
sou filha de Onira!

Andanças

Eu tive tanto medo
Eu vivia em pânico.

Nesse tempo em que vivemos,
a mente humana anda doente.

Depressão
Pânico
Angústias

Ninguém pode comigo
depois que achei meu abrigo.

Igreja, monastério, psicólogo
(ainda vou ao psicólogo,
meu babá orientou).

Tem coisas que ebó resolve.
Tem coisas que auxilia ou apazígua.

Eu tive medo
Eu vivia em pânico.

Hoje essas doenças
não me derrubam mais,
mas, às vezes, ainda querem me deter.

E sigo — eu tenho que seguir!
Oyá é a luz do meu caminho,
em meu caminho.

De todas as andanças que fiz,
a de encontro a Oyá foi a mais assertiva
(pelo menos para mim).

Por ela
estou viva!

Segura sua onda!

Segura sua onda
que eu sou de Oyá!

Minhas mãos nas cadeiras,
não tem como negar.
Esse desaforo que você fez
eu não vou levar.

Segura sua onda
que eu sou de Oyá!

Eu sou de ferver o tacho,
eu sou de esquentar.
Não temo mandingas,
o raio vem me abençoar.
Ele quebra demanda
na sua luz a rasgar.

Segura sua onda
que eu sou de Oyá!

Dizem que filhas de Oyá
não são felizes no amor.

Isso é porque
são mulheres exigentes.

Não aceitam mentiras
nem desculpas.

Mulheres que querem expandir
e que o caboclo suba na vida junto delas.

Elas não param,
não param!

A cura

Filha de Oyá que sou,
sempre acreditei em minha mãe,
poderosa e cuidadora.
Ela é mãe de não abandonar.
Ela vem comigo travando batalhas
e gritando sua força em mim
quando quero ao mundo sucumbir.

Filha de axé que sou,
sempre acreditei em todos orixás,
na força avassaladora que trazem,
em forma de axé, aos nossos caminhos
pois o homem de branco disse:
"Vai ter que rasgar!".
Mas isso minha mãe não queria.

Filha de todas as iabás que sou (que mulher é),
fui buscar em outra mãe esse axé,
na dona de todas as feminilidades.
E foi Oxum, com seu carinho,
que retirou com as mãos o mal de mim.
Ela foi dar na mão de Oyá, minha mãe,
que soprou com seu vento para longe.

Filha da vida que sou,
abençoei-me na mão de Oyá
e abracei Oxum com um sorriso de gratidão
ao ver o homem ler o papel
e dizer que não precisaria de operação.
É andando de mãos dadas com Oyá
que recebo as bençãos de todos os orixás!

Afro-ntar

Minha cabeça fervilha.
Eu sou de Oyá, eu sou de peitar!

Eu não aguento a miséria.
Eu não suporto a injustiça.
Eu não posso ver os meus morrerem em vão.

Eu quero que parem de matar
mulheres mães de família.
Ela olhava pelos pobres.
Ela olhava pelos pobres.

Eu mudo o tom.
Eu vou à rua e grito: "Presente!".

E viabilizo, assim, que outras venham comigo.
Oyá arrasta!

Presente!
Presente!
Presente!
Eu não estou contente com o rumo das coisas.

Mas eu digo de novo que eu sou de Oyá.
Grita em mim a fúria da luta.
É hora de fechar.
É hora de afro-ntar.

Presente!

Bárbaro

E o raio cruzou o céu
e findou a vida
do pai de Bárbara.

Eu tenho fé em Iansã.
Bárbaro é nascer dela.
Eu sou o dendê.

Ao lado de pai Xangô,
inventou o amor
e guerreou como ninguém.

Aguarde aí.
Eu tenho tanto a fazer,
um dia é pouco pra mim.

O sol me queima a pele,
mas nada me para.
É Iansã que me ampara.

Na tarde rosada,
Iansã é minha estrada.
Eu sou de guerra, sim!

9

A soma 9
me faz crer no santo.
Não temo quebranto,
inveja,
maldição
ou o que o valha.

É Oyá com sua fúria,
que vem me valer.
Como búfalo,
atropela e arrasta o mal
que tenta me alcançar.

Como borboleta,
me toca suavemente
e me faz menino.

Sempre a sonhar,
eu sou de Oyá.
Correu o inimigo atrás de mim
sem saber quem eu era.
Correu o inimigo de mim
ao descobrir quem eu era.
Sou eu, menino,
um dos 9 filhos
de Oyá!

O mundo nas costas

Olha como ela é bruta.
Ela é astuta,
ela é de Iansã.

Ouso dizer que ela leva
o mundo nas costas.

Ela briga por ser enérgica
e, por vezes, bélica,
contamina a sua volta.

Eles vêm em seu exército
ela tem esse mérito.

E essa aglutinação de força
se rende e se entrega a Iansã,
guerreira viva e altiva.

E ela leva todos com ela,
o mundo nas costas.
Ela é de Iansã!

O mundo nas costas II

Ai, eu cansei!
E que fique explícito
que tenho esse direito.

Sou mulher que não se esconde
e vou aonde quer que seja,
por todas as felicidades.

Você só pega seu quinhão.
Mas e me dar a mão?

Sou forte, sou guerreira,
sou filha do bambu que enverga
e não quebra, mas cansa!

Hoje quero mais
que descansar o corpo.
Quero a mente tranquila.

Você só pega seu quinhão.
Mas e me dar a mão?

Sabe o que seria um luxo?
Sair tranquila do serviço,
sem nenhuma correria.

Poder escolher a condução,
condição que teria
se tivesse alguém com quem dividir.

Você só pega seu quinhão.
Vou cuidar do meu coração!

Topé

Iná, fogo de que era feito Exu.
Chama que não apagava,
ele tocava e queimava.

Nascido no primeiro raio
que caiu dos céus nesta terra,
Xangô, dono deles, não pôde ajudar.

Orunmilá o mandou a Nupê
ver a grande feiticeira.
Ela era Oyá Topé.

Topé, o eco dos ventos.
Topé, manipuladora dos ventos.
Topé, o vento que tudo apaga.

Na porta dela Exu Iná gritou.
Nove vezes ele suplicou
e o nome dela ecoou.

Ela costurou a manta,
pele de búfalo que encanta
e abafa o fogo de Iná.

Deu a ela dendê e cortou seu couro
para que sempre tivesse uma chama
mas, caindo no dendê, explodiu.

Oyá Topé virou labareda
chama + dendê + axé
e ela nunca mais foi a mesma.

Salve o fogo intenso
que toda Topé nos traz.
Acalenta os bons e esturrica os malditos.

Topé é do grito, do fogo
da força do vento em suas mãos
do meu coração!

Vanguarda

Iansã é minha manhã iluminada,
minha tarde rosada
e minha noite amada.

Eu não poderia ser de outra.
Quando nasci, chorei
porque não sabia falar "Eparrei".

É arvore que frutifica,
é axé que possibilita
que eu brilhe neste mundo.

Não temo a noite de raios.
Se vacilar, eu saio
e vou gritar seu "Eparrei" — nosso "Eparrei".

Afinal, gente é para se fazer,
se mostrar, se empoderar,
e lansã sempre possibilitou
    isso — vanguardista!

África que pulsa em mim,
caminho de um amor sem fim,
é lansã a luz de meu dia e o brilho de meu luar.

Sanatório

Era Oyá que falava em seu ouvido. Não
    era grito, era a voz de Oyá.
Mas custou-lhe caro: a avó carola gritou, o pai
    baixou a cinta e o padre foi chamado.
Exorcismo não resolveu. Levaram ao médico,
    então: tratamento de choque. Isso a arrefeceu.
Já não falava, os murros nunca adiantaram e
    ela ouvia, baixinho, Oyá em seus ouvidos:
"Estou aqui... eu sempre estarei!"
Já na entrevista, o médico deu a
    sentença: "Barbacena!".
O horror na terra! Mortos-vivos andavam sem
    rumo, sem querência, sem sabor de ser.
Não à toa um inferno!
A menina olhava pela janela, triste. Mas uma
    pequena criança a chamou e ela foi brincar.
O menino dizia para ela ficar quietinha, sem gritos,
    sem brigas, para concordar com o doutor.

Na entrevista ela brigou, esbravejou que não era
  louca. O menino à porta sacudiu a cabeça.
Mais tortura, mais remédios, mais choques. Ao
  acordar da convulsão, ouviu do menino:
"Faça o que estou dizendo."
Calma, tranquilidade, dias bons na medida do
  possível, o menino realmente a acalmava.
Ela ouviu o médico e concordou.
Nove meses se passaram, a menina voltou à família
  e, como atendeu ao menino, mais nada falou.
Ela retornou à escola e, entre as lições, via o menino e sorria.
No dia da morte de seu pai, o menino
  avisou, assim como no de sua avó.
Eram só ela e a mãe, e ela deixou de se sentir um
  estorvo. Um dia, finalmente, disse à mãe:
"Eu sou filha de Oyá!"
A mãe não entendia o que ela dizia, o que ela queria
  com aquilo, nem imaginava quem era Oyá.

"Mamãe, eu posso te levar à casa dela?"
A mãe concordou sem entender. Mas
    sempre fora contra a Barbacena.
Sábado de manhã, o menino a cutucou e disse:
"Vamos, a mamãe está nos esperando na casa dela."
E a menina apressou a mãe,
    e andaram em ruas de terra.
O menino corria longe, olhava para trás.
    Ela ria e ele devolvia-lhe o sorriso.
Chegaram. Na porta, plantas esticadas
    pareciam que tinham sido penteadas.
Uma moça sorriu e pediu que entrassem.
Sentaram-se, a mãe receosa. Naqueles anos, a
    igreja dizia que o demônio residia ali.
Num momento, gritaram: "Eparrei!".
E a menina deu um pulo respondendo:
"Heeeeey!"
Ali, depois dali, daquele grito, nunca mais a feriram!

Tempo de amar

Já não era sem vento
o tempo de eu amar você.

Eu, que sou toda visceral,
vou lá destronar o mal
e amar loucamente quem eu quero,
mas somente quem eu quero,
só o meu querer!

Já não era sem vento
o tempo de eu amar você.

Não me ponha rédeas,
não me olhe torto.
Danem-se a sociedade
e o pensamento
que terão ou não de mim.
Eu vivo!

Já não era sem tempo:
eu sou o vento que ama você!

Arrebatadoras

Escaparam-nos as palavras
quando demos de cara com Oyá.
O rabo de cavalo em sua mão
espantava qualquer peste que um dia nos rondou.
Absolutos, gritamos seu "eparrei"
e todo o terreiro incendiou,
porque gostamos das coisas assim:

arrebatadoras!

Ninguém é o mesmo depois da passagem de Oyá.
Ela arrasta, pois seu lastro é grande.
O mal sucumbe,
o mal tomba aos olhos de Oyá.
Extasiados, gritamos seu "eparrei"
porque gostamos das coisas assim:

arrebatadoras!

A razão

Ela disse que iria com ele
aonde quer que ele fosse.

Ela disse que reinaria com ele,
fosse qual fosse seu reino.

E, quando ele chegou ao topo,
ela estava lá ao lado dele.

Nos campos de batalha,
ela decepava cabeças em seu nome.

No tempo reservado ao amor,
ele a penetrava em fúria, como em uma guerra.

Ao dar uma sentença,
ele buscava o olhar dela, para proferi-la.

E não!
Depois de conhecê-la, ele nunca mais foi o mesmo.

Acham que ela só foi feliz
após conhecer e ser dele.

Mas, na realidade,
era ela a razão de tudo!

Dia da guerra

No dia da guerra,
foi ela que pegou a lança
e, em sua dança,
fez guerrear ao lado do rei.

No dia da guerra,
ela largou as crianças
e, em sua dança,
lhes disse: "Eu voltarei!".

No dia da guerra,
ela fez valer sua herança
e, em sua dança,
disse ao oponente: "Eu ganharei!".

No dia da guerra,
entre adagas, colares e lanças
e, em sua dança,
ela bradou ao mundo: "Eparrei!".

Me calo

Eu piro um pouco todo dia.
A rotina dilata meus pulmões
e eu grito,
eu berro ao mundo.

Não sou de aturar desaforo.
Na feira, o "moça bonita não paga"
me irrita — ah, como me irrita!
Palpita a fúria em mim.

No coletivo, ninguém me encosta.
Minhas costas são guardadas
e eu sou a brava que olha torto quando passam.
Ah, eu meto a mão!

Patrão?
Não se mete a besta comigo.
Não sou escrava nem boba,
e, pau para toda obra que sou, quero meu valor.

E marido, então?
Fia, se chega cheirando a cachaça,
já disfarça e entra no banho.
Mas essa fita eu ganho, não sou boba, não.

A minha paz?
Ah, a minha paz é quando piso no chão sagrado.
É lá que Oyá vem bradar,
então eu me calo, somente diante dela eu me calo.

Vem-tô

Vento que me alivia.
Vem? Tô!
Tô aqui lhe esperando.
Esperado amor.

A pipa deu linha,
cerol cortou minha mão.
Vento de cortar,
amor de cortar.

Na metade me refaço.
Ai, que cagaço!

Da primeira vez,
quem me tomaria?

Ventania.
Feliz é renovar-se.
Vento que alivia.
Vem? Tô!

Para você eu tô.
Para você eu dô.

Sangria sagrada

Eu sei que você tem medo.
Eu sei que o futuro dá medo.

Mas eu sou sua mãe
e jamais lhe abandonarei.

Terra do chão já levantei
por meus filhos amados.

Veja, meu filho, que eu sou grande,
de um tamanhão que nem pensa.

Quando você chorava no escuro,
eu estava lá espantando fantasmas.

Quando você fazia loucuras juvenis,
eu estava lá desviando o perigo.

Mãe e pai são os melhores amigos,
mas vocês, filhos, não veem.

Tenha medo — eu sei que tem
um friozinho na espinha que sobe e gela.

Mas saiba, filho, que estarei aqui,
com meus raios, espantando o mal.

Eu grito em ventania.
É minha sangria sagrada por meus filhos.

Tenha medo, sim, mas saiba:
teus inimigos têm muito mais!

Mulher de mim

Eu me divido em nove
E voo por aí, borboletas no ar.
E, quando no xirê,
vem o barravento de Oyá,
elas todas se juntam
e vêm pousar em mim,
reunindo então a força do búfalo,
que em fúria enfrenta o leão
e o lança ao alto.
Enfrento a peste, bato nela,
minha ventania a repele
e nada fica impune diante da minha presença:
os maus fogem
os bons recebem meu axé.
Eu sou assim, faceira e guerreira,
borboleta e búfalo,
mulher de mim.

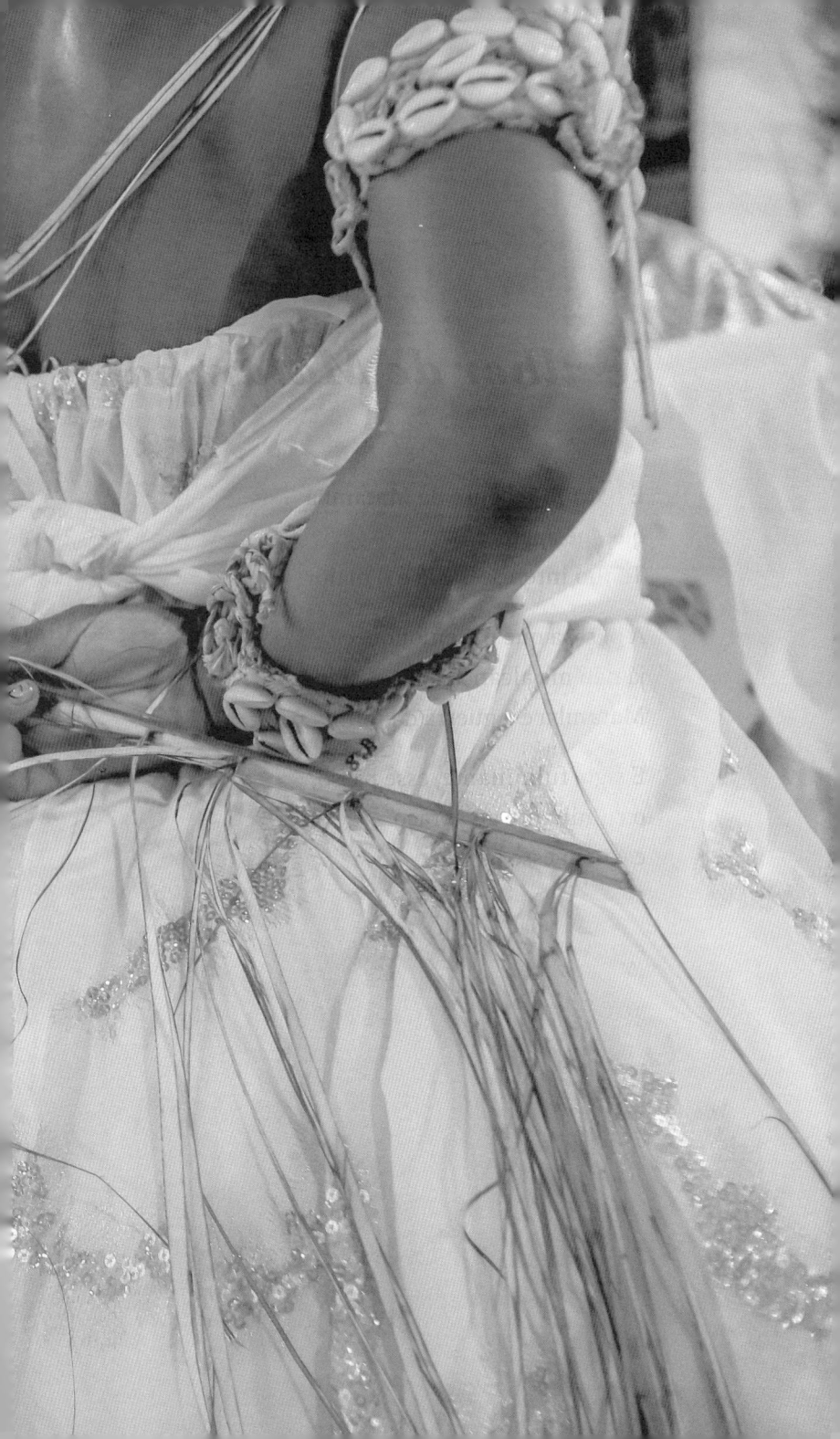

Mulher de Matamba

É o vento rebento de Matamba
que me apetece.
Tenho interesses, ela é o maior.

A pessoa que me enlouquece
já não me alcança mais.
Matamba é a guerra da minha paz.

E sigo, fulminante, esse passo,
o ruminante eu abraço
e é meu esse búfalo.

Seu exército segue com o vento
e escorre suor bento,
dilatando meus poros nessa força.

Não há quem possa
com a força da mulher,
se for mulher de Matamba, mais ainda.

Percorre e escorre
dentro de mim, e firma mutuê.
Flutuo na guerra de pés firmes.

Nasci há algumas décadas.
Tenho memória e renasci em Matamba.
Isso é história!

Que coisa é Oyá?
Um vento que me adentra,
uma força que me arrebata,
uma alegria que me toca.

Que coisa é Oyá?
É o maior amor do mundo!

Vento bento

Eu sou o vento bento
que assovia
e te ilumina o dia.

Eu sou a luz no fim do túnel
quando todas as portas se fecham
e ignoram seus pedidos.

Eu sou quem vai na frente,
luta ferozmente
e, como leoa, rasga o oponente.

Eu sou o frio na barriga,
o medinho antes da certeza,
da lembrança de que estou com você.

Eu sou quem lhe mostra
o que você pode ter
e quem tira o que quer, mas não presta.

Eu dou as rugas na sua testa,
marcas do tempo
que caminhamos lado a lado.

E sou o vento bento,
sou o lumiar, minha criança,
a esperança no fim do túnel.

Ande por aí e diga meu nome.
Bradei em roncó para não pairarem dúvidas
de que sou eu o caminho de sua vida.

Agarre-se ao tempo, ao vento,
à força que há em mim,
ao vento bento em ti — Oyá!

Meus quereres

Meça suas palavras,
se não quiser ouvir umas verdades.

Eu enfrento o marido,
o padre, o patrão.
Comigo não tem senão.
Eu reafirmo os meus quereres.

Está em meu poder
a força de realizar.
E, se porventura, eu perder,
irei à luta, e irei recomeçar.

Não morro de véspera,
e o que me espera
só minha mãe é quem sabe.
Ela guarda para mim em suas mãos.

Meça suas palavras.
Posso amar você ou detestar também!

De um ponto a outro

Ela sabe amar
intensamente.

Ela sabe lutar
incessantemente.

Ela vai violar
a mente de quem mente.

Ela vai dobrar
do operário ao presidente.

Ela vai obliquar,
e, nessa malícia desvairada,
de paixão desregrada,
ela vai amar.

Ela vivia para a guerra
não mais
do que para o amor.

A rodar o mundo

O cobre do meu dendê
em noite de vendaval
faz explodir em relâmpagos
a diáspora de meu povo
a rodar o mundo.

Eu sou lansã
em qualquer parte,
sob qualquer aspecto,
não apenas um espectro
a rodar o mundo.

Grito alto — vendaval
de foices que decepam
aqueles que me cercam,
pois nasci para ser livre
a rodar o mundo.

Mãos na cintura,
ninguém me segura,
e já não vou te abandonar,
seja aqui ou ali, ou ainda
a rodar o mundo.

Oyá que não descansa

Eu disse a Oyá
que eu teria forças para caminhar,
mas tive que chamá-la.

Ela me pegou no colo,
limpou minhas chagas
e disse que não eram deméritos.

As melhores guerreiras
têm marcas de guerra,
e Oyá me mostrou isso.

O presente me veio:
uma barriga dourada
com as cores de Oxum.

É eparrei, é Santa *Barbra*,
é Oyá que não descansa.
Mãe, mulher, profissional.

Às vezes, é pesado.
Às vezes, quero descansar,
mas, precisando, eu marcho.

E já não levo o peso do mundo.
Respiro profundo e vou,
escrevendo bonito nossa história.

O presente me veio:
uma barriga dourada
com as cores de Oxum.

Premissa

Seu precioso nome
me chega aos ouvidos
na brisa leve
que me traz boa notícia.
É coisa boa ter mãe
e ser benquista.
Roda na saia de Iansã
minha conquista.

Quero dormir
em seus braços
enquanto meu corpo
é levado na sua força.

Não há medo,
nem amor avulso.
O que tenho foi conquistado
com muito custo.
Iansã fez ventar
em minha vida.
Não reclamo
de tanto estar na lida.

Que venha a próxima luta,
premissa.
Quem é de Iansã
a tudo conquista!

Grito mais alto

Me surpreenda,
não se arrependa,
eu não tenho medo.

Olho para o alto
e lá está ela, impávida,
elástica como o vento.
Um bambu que se dobra
e nunca se quebra.

Eu ando tenso,
à mãe elevo tudo o que penso
e resolvo pendengas
sem deixar rastro
de olhar para trás.

Se ficou marca em alguém
foi ela quem fez
de provocação.

Oyá é meu coração.
Nem sempre nobre,
mas nunca pobre.

Sempre tenho algo a ofertar.
Comigo não há morno.
Tiro o sono
e saio para um novo dia,
uma nova guerra.

A força do búfalo me empurra
e, quando alguém a mesa esmurra,
grito mais alto.
E ecoam por aí essas histórias
levadas no vento.

Sempre haverá alguém,
em algum lugar, dizendo:
"Hum, conheci um filho de Oyá.
Vixe!"

Trezentos e sessenta

Eu estive só
em momentos cruéis e intermináveis,
quando precisava de acolhimento,
carinho e respaldo.
Eu estive em problemas tão turvos
que as pessoas não creram
que eu iria me levantar,
mas algo despertou.

Ninguém mais mentiu pra mim,
eu não permiti.

Desafiaram a fúria
de Oyá em mim!

E num trezentos e sessenta
(em que nem eu mesmo acreditava),
dei a volta por cima.
Minha saúde se restabeleceu
quando minha mente trabalhou.
Meu corpo respondeu
quando minha mente entrou em alerta.

Ninguém mais me prendeu,
eu revidei.

Desafiaram a fúria
de Oya em mim!

Vento queimado

É dela a quarta-feira
e outros dias em brasa,
ventanias de inquietude.

Pise no chão quente,
nas pisadas de Iansã.
Refaça o caminho da guerreira
e chegará ao cume
do vulcão mais inóspito.

É de escolha o seu caminho,
e a mulher em brasa viva
escolhe com quem viver,
onde promover suas energias
quando queimar seu vento.

Só não ignore suas escolhas.
Tremores em sua carne
nunca são nem serão em vão!

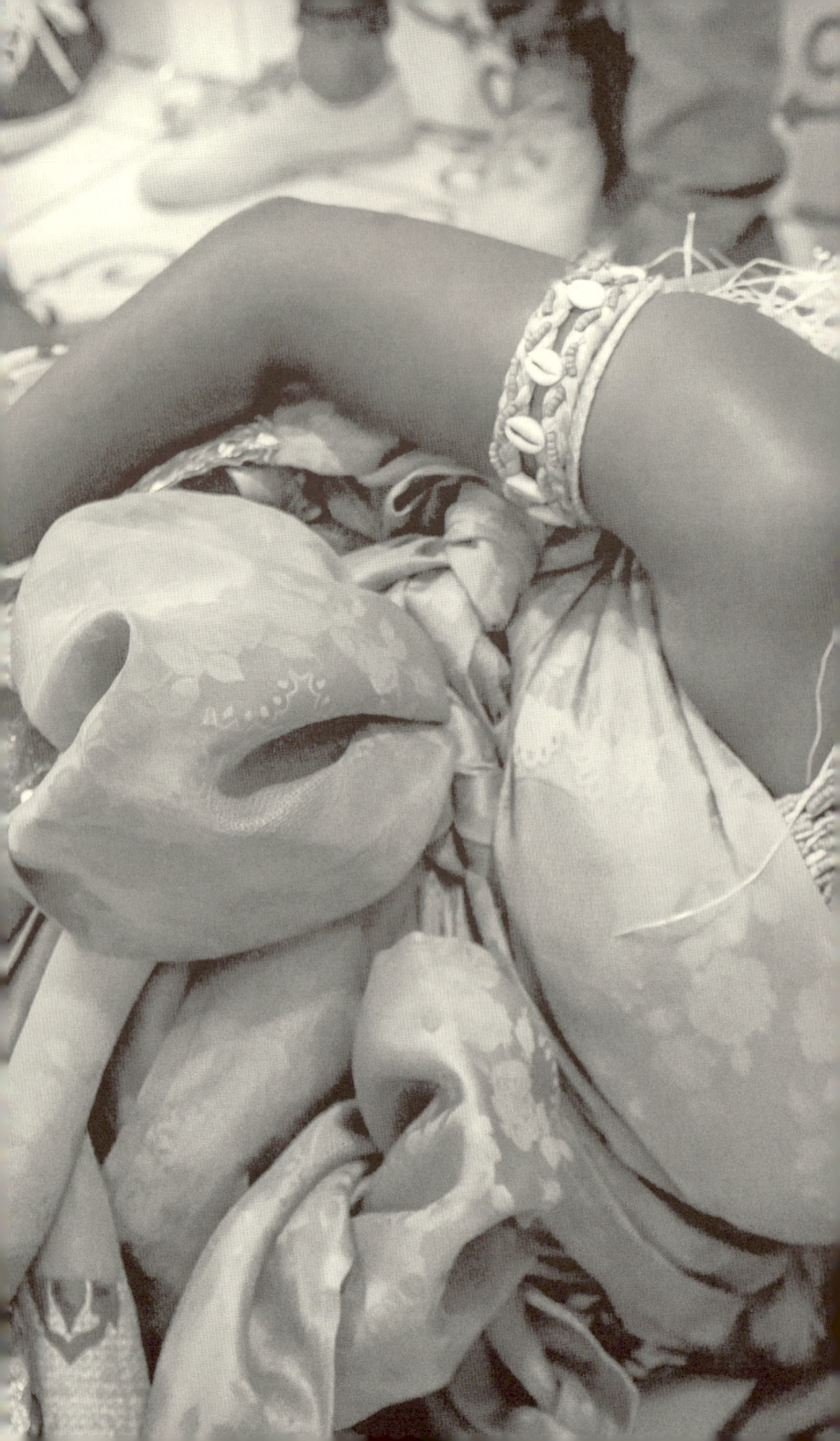

Equilíbrio

Voa por aí a minha força.
Ela vem em sonhos,
ela vem no dia a dia,
ela vem na briga,
ela vem na meta que atinjo,
ela vem em mim no xirê.

Minha borboleta
é forte como búfalo.

Eu corro o dia a dia
na fé infinita de Oyá.
Minha mãe que me leva.

Nunca paro, nunca repenso,
muito menos me arrependo.
Aprendo na porrada mesmo.

Meu búfalo é suave
como uma borboleta.

A coisa morna,
para mim, é a morte.
A ventania é meu norte
e não há qualquer maneira.
Não perco tempo com besteira,
eu quero acontecer.

Búfalo e borboleta dançam
e procuro o equilíbrio em mim.

Amor de guerra

Ele a viu entrando na mata
e correu atrás.
Ela era linda demais!

Adentrou a mata e ela sumiu.
De repente, veio um búfalo em sua direção.

Com reflexo de guerreiro,
ele puxou o facão e o búfalo parou.

Ficaram ali se rodeando,
um fitando o outro sem piscar.

Um vento gélido tocou sua face.
Ele não piscou, ele era guerreiro.

Em um momento eterno,
o búfalo se virou e foi saindo.

Sem medo algum daquela lâmina,
mesmo vindo de quem a empunhava.

O búfalo saiu da cena da luta
sem nem mesmo lutar.
Houve ali respeito.

O guerreiro escorou-se na árvore,
e agora uma borboleta o rodeava.

Ele olhou para ela e sentiu seu pouso gentil.
Ela ficou em seu ombro por um momento.

Ventania novamente
e a borboleta foi rodopiando no vento.

Sentado em uma pedra,
já em vias de ir, ele a avistou novamente.

Guerreira amazona, belíssima,
de olhar vibrante e respiração ofegante.

Ela veio em sua direção
sem se esgueirar ou evitar seu olhar.

Sentou-se de frente a ele em um rompante
e disse de uma vez: "Sou Oyá!".

Ele se levantou, guerreiro esguio e belo,
e disse para que viesse com ele.

Antes que ela perguntasse se podia com ela, ele disse:
"E eu sou Ogum!".

Rabo de cavalo

Mas ela fugiu de egum
e se foi em um subterfúgio,
um refúgio entre um tempo e outro,
até o homem da flecha
lhe trazer o rabo de cavalo
para ser então rainha neste lugar.

Mas... e o medo que ela sentiu?
E, se o medo é gatilho
para um impulso maior,
quando o frio na barriga passa,
você transpassa o objetivo
e aí não dá para ser lenitivo.

Mas...
Chega de "mas", rapaz!
Bagan é moça rica de raios,
de acarajés em seus balaios,
a rodar a baiana e guerrear.
Quero nem saber, vou ao terreiro louvar!

Apresente suas armas

Veja minha cor,
um preto gostoso
que passeia por minha pele
sou o que carrego.

Sou essa preta,
não nego!
Não há o que negar,
sou o grito de Oyá.

Nada me revela
mais do que minha ancestralidade.
Não há meia verdade
que possa me tocar.

É dela o cesto de acarajés,
a força que me guia.
Não me apresente suas armas,
se não for para usá-las!

Presente!

Tantos becos,
tantas guerras,
lutas diárias...
Oyá por mim!

Uma vindo ao topo.
E a outra?
A outra sendo puxada.
Mulheres pretas.

Esquina daqui
da ruela do Rio.
Rio com elas,
já choramos demais.

O algoz de prontidão,
esse olhar bandido.
A caça, besta-fera,
mirar do próprio cão.

Vem Oyá, vem me olhar
virar estrela deste céu.
Ouvi um "eparrei"
e em seus braços me entreguei.

Hoje, nos becos
e nas assembleias do mundo,
um grito, sem cessar, ecoa:
"Marielle presente!".

Ausente do mundo, nunca!
Sonhos se perpetuam,
mulheres se erguem
e a caminhada continua.

Estarei sempre na rua
por mim, por elas, por Oyá.
Vocês não "aguenta"
com a força da mulher preta.

Tantos becos,
tantas guerras,
lutas diárias,
Oyá por nós!

Vento diferente

Dona das vontades,
dona das verdades.

Oyá...
Não mexa com ela, não!

É um vento diferente,
é um fervo sem igual.

Destroça o maldito,
arrasta o invejoso, o mal.

Marido de Oyá não tem paz,
nem na rua, nem em casa.

Eu queria ser de Oyá,
minha mãe que me perdoe.

Meu coração (aberto)
aceitou essa mãe postiça.

E ela vem e me atiça,
não me deixa ficar quieto.

É um vento diferente,
é a força latente que me anima.

Quando vejo toque de Oyá,
já fico feliz!

Ela incomoda,
é o vento que tudo roda.

E na dança das cadeiras
o humor delas vai mudando.

Mulheres que amam,
mulheres que rosnam.

Filhas de Oyá são tudo,
menos mornas... nunca serão!

Menina instável

Menina do vento,
eu tô sonolento
a te observar.
Não, você não me dá sono,
é que tô hipnotizado.

Você que não para,
vem e repara
o que está fora de lugar,
o que não te agrada
e a quem vou olhar.

Menina do vento,
olha aqui dentro,
meu coração se apaixonou
no bufar de sua impaciência,
no olhar de sua carência.

Você é assim, instável,
tempestade que é.
E logo pela manhã,
quero olhar calmo nos seus olhos
e te amar, filha de Iansã!

Tesão em viver

Eu enlouqueci.
Eu corri meus dias
acesa de um jeito
que não via jeito
de as coisas melhorarem.

Ninguém me dava a mão,
e foi caída no chão
que vi a dor de meus dias.
Nem discutia mais,
as forças se esvaíram.

Um rapaz da faculdade,
quando me viu em uma das vezes que eu ia
(já estava desistindo),
me chamou para ir aonde ele ia,
e eu já não tinha nada a perder.

De repente, alguém gritou.
Eu não via, mas ela vinha.
Eu via seu rosto entre ventos
    e raios — *flashes* —
e via uma força ali naquele chão.
Ela rodou todo aquele lugar a gritar.

Eu nem sabia o que era.
Só sabia do que fazia aqui dentro de mim,
que aquilo era para mim,
aqueles gritos eram uma resposta.

A angústia foi saindo
e eu não cabia mais em mim.
Era um fervor, um calor,
uma guerra em paz
aqui dentro do meu peito, dentro de mim.

Eu tenho tesão em viver!
Eu tenho a alegria de conhecer esse fogo
e nada mais é brando e depressivo aqui.
Eu tenho a alegria
de ser de Oyá!

Aquela cara

Há grandes chances
de que eu ou lhe ame loucamente
ou lhe odeie infinitamente.

Não!
Iansã não tem nada com isso
mas traços dela me moldam.

Iansã escolhe.
Não permite que eu faça política.
Quando vejo já fiz "aquela cara".

E sou feliz assim:
amando quem ficou
e esquecendo quem se foi.

É o vento,
é do vento de Iansã!

Medo de nada

Ela é essa preta abusada
que ri de gargalhada
e rompe os caminhos.

Ela tem medo é de nada.
Sua presa é imolada
e sua família não tem fome.

Ela me move e me ampara,
é mãe que grita para correr,
é mão que cuida ao cair.

Ela é essa mulher altiva.
Seu pulsar me faz viva
e já não me deprimo mais.

Ela é tudo e me espera no Orum.
Ela pegou a espada de Ogum
e opera o machado de Xangô.

Ela é esse arrebate.
Ela nunca me bateu ou me bate.
Ela é do amor, Oyá é amor!

Virada

Ela não fugirá à luta.
Cortará a cabeça do desinfeliz
que ousar açoitar seu povo.
Axé novo, força renovada,
Oyá pega, mata e come.
Oyá não atura esses homens
que ousam levantar a mão para a mulher.
Não pega esse nego, não,
não mexe no axé sagrado.
Oyá não atura oportunista,
muito menos a mentira

de mudar a fala para agradar.
Oyá conhece os falsos
e não irá perdoar, ela não é disso.
Pega, briga, corta, que reboliço.
Oyá é bélica e sabe amar.
Não sai destruindo a tudo, não,
não tem ventania em vão.
Ela guarda os seus.
Fugir à luta?
Nunca!
Ela vira, ela é da virada!

Marcas de combate

Eu sou os olhos de Oyá
permeando a vida
e olhando os tolos
cantarem vitória
antes de meu último grito.

Eu sou vento no tempo
onde só os filhos dela
compreendem e sobrevivem.
A pele de Oyá é cascuda,
marcas de combate.

Não temo o tempo,
o revés ou o homem.
No grito de minha mãe
todo injusto some.
Minha cara isso!

Blindada

É que eu sou de Oyá.
Eu sou de olhar de rabo de olho,
eu sou de fechar a cara,
eu sou de bufar.

É que eu sou de Oyá.
Eu não sei disfarçar,
não nasci para politicar,
isso deixo para o meu rei.

É que eu sou de Oyá.
Finco o pé e ninguém tira,
ninguém me tira de louca,
só quem quero tira minha roupa.

É que eu sou de Oyá.
Mãe feroz, mulher fiel,
não venha me destilar seu fel.
Eu sou blindada!

Troféu

Orgulhoso,
Ogum andava por aí
com Oyá.

Vigoroso,
em sua mente
nada podia abalar.

Ele não media tombo.
Perder era fora de cogitação,
combatente!

E Oyá lhe dava
ainda mais essa certeza.
Ogum é orgulhoso!

E, frondoso, andava por aí
colado com Oyá.
Ele se sentia imbatível.

Mal sabia ele
que ela não era essa mulher
de se pôr de troféu.

Oito ou oitenta

Danço, pinto e bordo,
tão suave sou
quando venho pisando em algodão
e dançando dançando dançando.

Brigo, luto e berro,
tão abrupta eu sou
quando venho batendo os cascos
e brigando brigando brigando.

Entenda-me ou esqueça-me:
existem várias possibilidades em mim,
variantes inacabáveis em um só dia,
mas esse dia comigo pode não ter fim.

Eu voo por aí e pouso,
e amo amo amo.

Eu grito por aí e tombo,
e amo amo amo.

Dona de mim

Eu conheci o chão.
Me jogaram ali
e fiquei, por ali fiquei.

Crente de que não dava conta,
pois me tiraram o bem mais precioso:
o amor-próprio!

Eu não amava a mim nem nada.
Queria que acabasse,
queria que os dias acabassem.

E, numa tarde rosada,
uma voz me disse em um suave rasgado:
"Venha ao meu encontro!".

Encontrei Oyá em um terreiro
e foi como se falasse comigo.
Correu um arrepio em mim.

Enfim, uma razão, uma força para lutar.
Eu sabia que nunca mais seria a mesma
nas mãos de Oyá.

E não sou, não!
Hoje ninguém me joga no chão,
nem eu mesma!

Ela delimitou

É ela que me faz avançar,
que põe as mãos nas cadeiras e diz:

"Vai não, minha filha?"

E eu entendo o quanto isso é valioso
e aonde posso chegar.

Eu sou filha de Oyá!

Ela me empoderou e delimitou
quem chegaria a mim.
Ela é rica!

Eu durmo um sono de sonhos e ventanias,
Oyá me dá essa alegria.

Preta
Pura
Pele

Arranha-me quem eu quiser.
Ela delimitou, lembra?

Não há brechas com Oyá!

A menina que roubava raios

Quando criança, eu adorava tempestades.
Já jovem, em acampamentos,
enquanto as outras meninas
se guardavam em seus namorados,
eu namorava os raios cruzando o céu.
O ar me chamava, o vento sempre me foi atrativo,
e meu coração cativo
sonhava com os pés fora do chão.
Mulher de Iansã arrasta!
Eu me sentia assim, diferente
e indiferente ao tempo.
Eu vivia cada paixão ardentemente.

Meu coração doía, e voltou a viver
depois da primeira obrigação.
Entendi as andanças de meu coração.
Ele é feroz e veloz, e não atura água parada.
Quando criança, eu adorava tempestades.
E chovia e trovejava e relampeava.
O barracão se levantava
e minha Iansã bradava ao mundo
os meus instintos profundos.
Eu vou, eu sigo, eu sou... melhorei,
mas não sou melhor do que ninguém,
apenas não fujo quando relampeia.
Iansã me permeia, não fujo!
Quando criança, a tempestade era eu.

Tempo de Oyá

O tempo se encarrega
de colocar as coisas em seu lugar.

Oyá me trouxe até aqui
e sigo este caminho em que ela me coloca.

Das coisas que fiz, me arrependo de poucas.
Nenhum desses arrependimentos pertence a ela.

Errei e continuo errando, como todo ser humano,
ela me dá essa liberdade.

E não poderia ser diferente: é o vento, é livre,
é solta e me deixa para que eu possa viver e escolher.

Seria muito fácil jogar em seu colo meus erros
e sentar-me em minha comodidade.

Eu sou de Oyá e ela não me deixa acomodar.
Oyá põe ou tira as coisas de lugar.

As coisas me acontecem
no tempo de Oyá.

Depois

O que vem depois da tempestade?
Quando ela cessa e ouço pássaros,
quero sair e sentir o cheiro da terra.

O que vem depois da ventania?
Ela sempre me alcança e me lança
a lugares em que posso pisar na força do orixá.

O que vem depois da guerra?
Recolho cacos por aí e me monto,
refaço-me na força do orixá.

O que vem depois da trégua?
Abraço o tempo em que fui alvoroço
e escolho partir sem alardes de amizade.

O que vem depois do tempo?
Um tempo a mais de nos encontrar
e nos reconhecer no caminhar do orixá.

O que vem depois das letras?
Amor, o amor infinito e forte como o de Oyá.
É ela que nunca me deixará parar!

Fala na minha cara!

São em Iansã meus sonhos mais fortes,
quando estou perdido ou amuado.
É o vento dela que vem bater na minha cara
e dizer:
"Acorda, cara!"

Hoje venta como nunca na semana.
Hoje é o dendê que ferve
e exala por todo o terreiro.
Estão cuidando de seus acarajés.
Vou comer um, ficar de pé.

Eu gritei lá fora,
onde o mundo me ouvia,

e agora silencio aqui no terreiro,
pois é esse grito silencioso
que o orixá ouve.

"Acorda, cara!",
Iansã repete na minha cara,
pois não é mulher de recados.
Vem com sua vara de bambu
arrebentar este meu silêncio.

Peguei no ar.
Era de mim que falavam.
As conversas de Iansã eram minhas.
Recado dado, em momento determinado,
virei homem e tomei meu destino!

Manada

Não me segura
que eu me espalho.

Eu sou o raio que avisa
que o trovão vem romper.

Não venha me deter,
sou ventania descabida.

Sou a dança ritmada,
sou a primeira da manada.

Eu comando os búfalos
com a destreza do voo da borboleta.

É uma parceria, eu e a ventania,
Xangô e meus raios.

Rasguei a pele e lambi —
bicho lambe as feridas.

Só quero retornar
e retomar meu posto na manada.

Tô falando e você não escuta,
não gosto de filha da puta.

Sou o comando, mando
em toda a manada!

Minhas veias

Não caio,
e se me distraio,
sou raio.

A peste me erra
e a dor que me prende
se vai no vento,
pois nada me ofende mais
que ver um filho ao relento.
Sou mãe dos nove.

Não caio,
e se me distraio,
sou raio.

Crio minhas situações,
arrebato corações,
pois não vim ao mundo
para passar impune.
É a força que me une,
seja raio, ventania ou gritos.

Não caio,
e se me distraio,
sou raio.

Não me venha
com mais ou menos.
Quero pelo menos
o quente,
pois é dendê fervente
que corre em minhas veias.

Arrastão

Oyá é o que palpita dentro de mim.
Muito antes de ser plantando
seu axé em meu ori,
Oyá já gritava ao mundo dentro de mim.

Era um arrastão de que eu nem me dava conta.
Quando via, estava lá no meio de tudo:
do amor, da briga,
da guerra, do se doar.

Oyá é essa que sente os cortes
só quando o corpo esfria.
E em meio à ventania ouço um zunir.
É a sua voz me mandando luzir.

Ela me diz:
"Saia daí, mulher, esse 'home' não lhe merece".
E eu vou pro mundo nesse arrastão de Oyá.
Se preciso, vou lutar para ser feliz mais uma vez!

Provedora

Nenhum cavalo foge de Iansã,
nenhum búfalo teme sua presença.
Os animais a rodeiam
e se sentem confortáveis.
Sua natureza lhes traz segurança.
Iansã se rodeia de crianças.
Elas sabem que ela é brava.
Quando dá uma bronca,
às vezes ela grita.

E, às vezes, somente olha de rabo de olho,
Iansã tem argumentos em seu rabo de olho
e total domínio sobre o ambiente.

À sua volta, os cães ladram, mas não mordem.
As borboletas rodeiam sua face em luz,
tempos de repouso.
O leite foi tirado, as raízes foram colhidas
e as crianças repousam.

Iansã olha da porta da aldeia.
E se vê confortável quando todos estão bem.
Porém, ela ainda está lá,
em pé e atenta.
Sua prole é sua vida.
Iansã é a mãe que todos nós conhecemos.

Nove de parir, milhares de cuidar

Oyá vem e venta.
Leva forte em seu vento
a maldade do homem.

Oyá defende as mulheres!

Oyá não quer a maldade.
De seu bambuzal,
sai o vento vibrante e cortante.

Oyá defende as mulheres!

Oyá atesta que o mal vem a nós,
e ela não é má, não.
Ela rebate para nos defender.

Oyá defende as mulheres!

Salve, toda filha de Oyá,
que não se furta a gritar
ao machista que aparece.

Oyá defende as mulheres!

Ofender Oyá é maltratar seus filhos.
Nove de parir,
milhares de cuidar.

Oyá defende as mulheres!

Só alguns adentram

Eu sou tão bruta!
Sou mesmo, e até me orgulho.
O sangue ferve em meus olhos.
Vou na goela do opressor.
O abusador não me toca,
o injusto não tem vez.
Destrono reis
de falsos reinados
com força bruta de homem.

Mas lá, em um lugar guardado
no fundo de minha alma,
onde só alguns adentram,
está uma menina
pequena, frágil e amável
pronta a receber carinho

Com ela eu não caio

Para Sonia Silva (in memoriam)

Não há infortúnio para a dona do vento.
Ela arrasta a seus pés a maldade humana,
alivia os corações de quem ouve seu nome,
e é justa e sincera a sua força.
"Leva no vento da saia, mãe, a sandice",
quem foi que disse que não creio em Iansã?
Ela vai arrebatar meus olhos
e aliviar meu coração com sua força.
Ela me alicia e me leva para seu exército
e já não temo infortúnios.
No barracão, no barravento, eu gritei:
"Eparrei!".
É mulher de rei e este não se aliança a fraquezas.
Quis ele a destreza dela a seu lado.
Abra os olhos, bata palmas, ela é do vento,
do vigor do búfalo, do lumiar do raio.
Com ela na minha frente eu não caio —
só se for de joelhos para pedir bênçãos!

ARUANDA
· livros ·

Este livro foi composto com a
tipografia Calluna 11/16,5 pt e impresso
sobre papel pólen soft 80 g/m²